El Cóndor de los Andes

Adriana Ramírez

Ilustrado por

Tiyana Bremer

Español 4

IG: @veganadri

YouTube Channel:

"Teaching Spanish with Comprehensible Input”

adrianaramirez.ca

ISBN: 978-1-7753969-5-6

El Cóndor de los Andes

This work is based upon real events. Certain events, dialogues and characters were created for the purposes of fictionalization.

Esta historia está basada en hechos reales. Ciertos eventos, diálogos y personajes han sido creados y adaptados con el propósito de volverla una historia de ficción.

Dedicatoria

Quiero dedicarle este libro a todos los **deportistas** colombianos, que con gran esfuerzo y dedicación logran llegar muy lejos. Muchos de ellos son de orígenes humildes, y tienen que trabajar muy duro para llegar donde llegan. El apoyo del gobierno es mínimo, y todos sus logros son gracias a su **empuje** y **tesón**. Son una gran inspiración para mí y para todo nuestro país.

Deportistas: *athletes*
Empuje: *drive*
Tesón: *tenacity*

Agradecimientos

Cada que me siento a escribir, lo logro hacer por el apoyo incondicional de mi esposo, que con paciencia respeta mis espacios productores, además de que constantemente me da buenas ideas, **me retroalimenta**, y me escucha mis interminables monólogos. También quiero agradecer a mis alumnos, ya que son mi fuente de inspiración y motivación. Cada que escribo lo hago teniéndolos a ellos en mi mente. Cada palabra de mis historias es para ellos. Quiero agradecer especialmente a Julio Disini y Alina Von Hahn por sus valiosas ideas y retroalimentación.

Me retroalimenta: *gives me feedback*

Índice

Prólogo

Colombia es un país con una topografía muy variada, pero más de medio país está en zona montañosa. Esto lo hace un laberinto, al que el **desarrollo vial** no ha llegado al mismo ritmo a todos los lugares. En muchos lugares del país el transporte es caro y escaso, lo que volvió a la bicicleta un medio de movilizarse muy popular, ya que es rápida y económica. La bicicleta, como medio de transporte, es especialmente popular en las montañas. De allí son la mayoría de los "**escarabajos**": los ciclistas colombianos profesionales, especialistas en escalar montañas.

Estas condiciones del terreno, hacen de Colombia un lugar perfecto para producir ciclistas de alto nivel. El rústico y complicado paisaje, al cual están acostumbrados los ciclistas desde su infancia, hace que tengan un físico único para las competencias de alta montaña.

Adriana Ramírez

Los "**escarabajos**" nacen y crecen en montañas con alturas superiores a los dos mil metros sobre el nivel del mar. Allí los niveles de oxígeno son menores, y el cuerpo se acostumbra a gestionarlo de una manera más eficiente. Desde pequeños desarrollan la habilidad para escalar de manera natural. Para ellos escalar es parte de su vida.

Hoy por hoy Colombia es una potencia del ciclismo mundial.

Desarrollo vial: *road development.*
Escarabajos: *beetles*

Introducción

Hay tres grandes carreras ciclísticas en el mundo, que son conocidas como las Grandes Vueltas. Estas son: El Tour de Francia, el Giro de Italia, y la Vuelta a España.

Estas carreras **duran** tres semanas y se corren por partes, o **etapas**. Cada etapa tiene alrededor de doscientos kilómetros. El tiempo que cada ciclista se demora corriendo cada etapa, se suma y se usa para hacer la clasificación general.

En estas carreras hay etapas planas, de montaña y contrarreloj. Cada etapa, según su dificultad, añade puntos extras a la clasificación general. Las etapas de montaña son muy **codiciadas**, pues son muy complejas y difíciles, y ganarlas siempre da puntos extras.

Duran: *last*
Etapas: *stages*
Codiciadas: *coveted*

Adriana Ramírez

Capítulo 1

La camiseta rosada

-ITALIA-

—Imanol, no puedo más. Me voy a bajar de la bicicleta.

—¿Qué?

—Que me voy a bajar de la bicicleta, hombre. Hace mucho frío. El oído me duele, tengo fiebre. No puedo más.

—No puedes bajarte.

—No te estoy pidiendo permiso. No aguanto más. Estoy temblando, ¿no ves? Falta más de la mitad de la etapa. No puedo seguir así. No voy a terminarla.

—Eres un cobarde.

—No soy un cobarde.

—Has entrenado mucho para este momento. Aguanta. Acuérdate de los insultos y las humillaciones. Acuérdate de tus padres y tus hermanos en Colombia. Acuérdate de las horas interminables que has montado en esta bicicleta preparándote pare este momento. No puedes parar ahora. No lo voy a permitir.

Pasaron cinco minutos interminables. Nairo estaba en completo silencio. Seguía pedaleando. Estaba callado. Sólo miraba fijamente la carretera y seguía pedaleando. Imanol no le quitaba el ojo de encima. No quería que parara pero sabía que ya llevaba varios días con una gripe bastante fuerte. Tenía los pulmones congestionados, tenía fiebre y dolor de oído, y además se había caído muy duro en una de las etapas anteriores. Pero este era su momento de gloria, y este colombiano era muy fuerte y testarudo.

—Necesito periódicos. Pídeles periódicos a los del carro.

Imanol se comunicó inmediatamente, a través de su intercomunicador, con la gente del carro auxiliar y les informó que Nairo estaba pidiendo periódicos.

La gente del carro comenzó a coger todos los periódicos que tenían del día anterior, donde se reportaban los resultados de la carrera y las posiciones de los participantes. Lograron recoger varios y se los pasaron a Imanol.

—Nairo, aquí están los periódicos que me pediste.

—Gracias. Empieza a pasarme hojas.

Imanol empezó a pasarle las hojas de los periódicos a Nairo. No era fácil hacer esto mientras montaban en bicicleta, en subida, bajo un frío glacial. No era fácil mantener el equilibrio, pedalear, separar las hojas y pasárselas a Nairo. Además, el frío que estaba haciendo era tan tremendo, que se sentía hasta en los huesos.

Nairo cogía cada hoja que Imanol le pasaba y se la metía debajo de la camisa de su uniforme. Se las acomodó, una a una, hasta que tenía hojas alrededor de todo su pecho y espalda.

Esta era la única forma de soportar los dos grados bajo cero que hacía en la cima, los que Nairo sentía peor por la fiebre y el escalofrío que tenía. Era una forma liviana, fácil y eficaz de controlar el frío un poco. Al menos, de volverlo soportable.

Imanol no podía de la admiración que sentía por este colombiano. Nada lo detenía. Tenía una voluntad de hierro, como sus piernas.

—¿Necesitas algo más?

—Hidratación, por favor. Y un gel para que me dé energía.

Adriana Ramírez

Imanol estuvo muy pendiente de Nairo el resto de la etapa. No entendía como este hombre seguía pedaleando, a pesar de la enfermedad y los contratiempos. Él apenas había corrido la etapa de hoy para acompañar a Nairo, y ya estaba bastante agotado. Ahora Nairo, que llevaba pedaleando por varios días ya, más su gripe, debería estar de muerte.

Ese día, Nairo Quintana no sólo terminó la etapa, sino que se puso su primera camiseta rosada, la camiseta más codiciada del certamen. Esto significaba que era el líder de la clasificación general del Giro de Italia.

Capítulo 2
El comienzo

-COLOMBIA-

Veintitrés años antes....

—Tiene el mal del difunto.

—¿Qué es eso María?

—Es un mal inexplicable. Posiblemente cuando usted estaba embarazada del niño, estuvo en contacto con alguien que arregló un muerto, y esa persona le tocó el vientre.

—No sé qué hacer, María, por favor ayúdeme. Se me va a morir el niño. Cada mes le da una diarrea muy fuerte, le sale sangre por la nariz y la boca, y tose constantemente. Además, no importa cuántas veces al día lo bañe, siempre huele a muerto.

—Sí, esos son los síntomas.

—Pero, ¿puedo hacer algo? Usted sabe de yerbas y todas esas cosas María, debe de haber algo que lo cure.

—Mire Eloisa, haga una bebida hervida con cogollos de nueve árboles diferentes, arracacha y tierra. Dele esta bebida al niño todos los días por una semana. Pocos salen de esta, pero si lo hace, está predestinado para cosas grandes.

Eloisa llegó a casa muy preocupada. Habló con su esposo y le contó lo que María, la yerbatera, le había dicho. Nairo era su segundo hijo, y su primer hijo hombre. No querían perderle.

Ya era tarde para bajar al pueblo, a tratar de conseguir la arracacha y los cogollos. Eran las cinco de la tarde, y de la casa de los Quintana Rojas hasta el pueblo había, al menos, una hora a pie. Además, el cielo se estaba tapando, lo que era signo de que pronto iba a comenzar a llover.

La familia Quintana Rojas era una familia campesina muy humilde. Vivían arriba, en lo alto de la montaña y lejos del pueblo. La única forma de ellos transportarse era a pie, en bus o en bicicleta. Al pueblo se iba normalmente una o dos veces a la semana, sólo cuando era necesario.

El señor Quintana tenía un cultivo en su tierrita, donde lograba sembrar suficientes cosas para poder alimentar a su familia, y el resto lo vendía en la plaza del pueblo, los domingos por la mañana, en el mercado local. Con el dinero que ganaba de las ventas de sus frutas y verduras, compraba los artículos de aseo personal indispensables: jabón, cepillo de dientes, pasta de dientes y jabón para lavar la ropa. No había presupuesto para nada más.

La casa de la familia Quintana Rojas era una casa muy humilde. Tenía apenas dos habitaciones, una para los padres y otra para los niños, que en este momento eran sólo tres: Esperanza (la hermana mayor), Nairo y Lady.

La casa era hecha de tapia y los techos de teja. Había bastantes goteras en el techo, y varias ollas en el suelo recogiendo el agua que caía cuando llovía. El baño quedaba afuera, igual que el lavadero, y la casa no tenía agua potable.

Eloisa tenía que caminar todos los días dos kilómetros, hasta el nacimiento de agua, para poder traer el agua que se necesitaba para las cosas de la casa. En época de lluvia, también recogían el agua lluvia, y la guardaban en canecas grandes para usarla lavando la ropa y en la limpieza de la casa.

Adriana Ramírez

Al otro día, bien temprano en la mañana, Eloisa bajó al pueblo para comprar las yerbas que le dijo María que necesitaba para curar a su hijo. Llevó unos huevos de su gallina para intercambiarlos por las yerbas, pues no tenía mucho dinero. Esta costumbre era muy normal entre la gente del pueblo. El trueque, o intercambio de cosas, era la forma como la gente lograba sobrevivir.

—Aquí está mi bebé. Yo sé que no sabe muy bueno pero se la tiene que tomar.

Nairo se tomó la bebida. El milagro ocurrió tan pronto que en un día empezó a sanarlo, y dos años después del evento, ya nadie se acordaba que había estado muy cerca de la muerte.

Capítulo 3

El camino a la escuela

-COLOMBIA-

—Nairo, muchachos, ya se tienen que levantar, miren mijitos que son dos horas caminando para llegar a la escuela. Si no se levantan ya, van a llegar tarde.

Eran las 5:00 de la mañana. Los niños Quintana Rojas tenían que salir de la casa, a más tardar, a las 6:00 de la mañana, para poder recorrer, a pie, los dieciocho kilómetros que había entre su casa y la escuela. Este recorrido lo tenían que hacer todos los días de ida y vuelta.

—Muchachos a ¡desayunar! ¡Rápido! Aquí está el chocolate y la arepa.

—Gracias, mamá —dijo Lady mientras se sentaba a comerse su desayuno.

—No se les olvide lavarse los dientes, y los cuadernos, y la tarea. Nairo ¿lleva la tarea de sociales?

—Sí, llevamos todo mamá.

—Y lleven esta bolsa por si los coge el agua, para que se tapen con la bolsa y no se mojen. Sólo hay una, así que les toca compartir. Aquí está el almuerzo también.

—Gracias, mamá. Bendiciones.

—Que Dios los bendiga mijos.

Y así comenzaban los niños su recorrido a la escuela todos los días. Cómbita, de donde es Nairo, queda en el departamento de Boyacá, en Colombia. Es un pueblo que está en los Andes colombianos, a dos mil ochocientos diez metros sobre el nivel del mar, lo que lo hace frío, especialmente al amanecer.

El camino a la escuela no era fácil tampoco. Los niños tenían que caminar por carreteras destapadas, por potreros, por calles pavimentadas, subir lomas y luego bajarlas. No había tiendas, ni restaurantes, ni baños en el camino, sólo naturaleza, animales y vecinos.

La escuela ofrecía transporte. Era una buseta pequeña que los recogía cerca de su casa; sólo tenían que caminar quince minutos, y llegaban en quince minutos más a la escuela. Pero los papás de Nairo eran muy pobres. Ya habían ido a la escuela varias veces a pedir que les rebajaran la pensión de sus hijos, así que ni soñar con que pudieran pagar el transporte escolar: o los niños caminaban o no podían ir a estudiar.

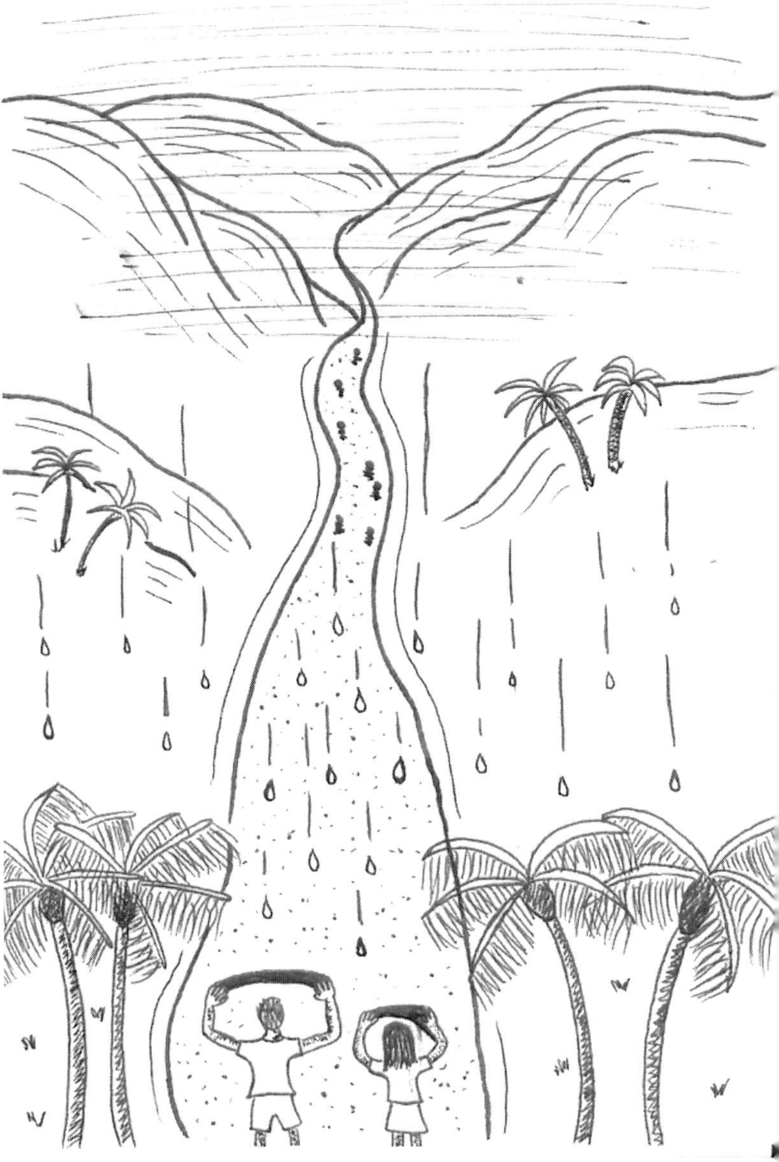

Capítulo 4
El regalo

-COLOMBIA-

—Cumpleaños feliz, cumpleaños feliz, cumpleaños querido Nairo. Cumpleaños feliz.

—Feliz cumpleaños hermano.

—Feliz cumpleaños mijo. No puedo creer que ya tenga trece años. ¡Cómo pasa el tiempo! —le dijo su padre con voz emocionada.

—Nairo.

—¿Sí, mamá?

—Le tenemos un regalo mijo.

—¿Qué? ¿Pero por qué mamá? si no tenemos mucho dinero y mi papá no puede trabajar mucho.

—Está bien mijo, lo queríamos hacer. Con la venta de algunas cosas de la huerta y unos huevos, y después de ahorrar mucho, logramos comprar esta bicicleta todoterreno. La compramos en la chatarrería del pueblo. La iban a vender por partes, pero nos dieron un buen precio, y entre su papá y sus hermanos la arreglaron y ¡aquí está!

—¡No lo puedo creer mamá! ¡Gracias!

—La idea mijo es que use la bicicleta para que vaya y revise las vacas en los potreros, porque yo no puedo caminar muy lejos, y también la puede usar para ir a la escuela —le dijo su papá.

—Y si Nairo se va en la bicicleta, ¿yo en qué me voy y con quién? —preguntó su hermana Lady angustiada.

—Pues mija, que la lleve él en la barra, ahí caben los dos —dijo su papá.

—Pues sí, ahí cabemos los dos —respondió Nairo.

El primer día casi se matan. No era fácil mantener el equilibrio mientras se montaba con alguien sentado en la barra, que le bloqueaba la mitad de la vista y le hacía contrapeso.

Varias veces se cayeron y varias veces llegaron a la casa llenos de morados y chichones. Pero siempre estaban felices. Ya no tenían que caminar por cuatro horas al día. Podían llegar más rápido a la escuela por la mañana y más rápido a la casa por la tarde, y a Nairo le quedaba más tiempo para ayudarle a su papá, con las cosas de la huerta y los animales.

Y así fue. Desde ese día en adelante, y por cinco años, él se fue en bicicleta para la escuela. Él pedaleaba y su hermana Lady iba sentada en la barra, al frente. Así, bajaban y subían lomas, así montaban en la lluvia, en las carreteras y en la calles. Pedaleaba, cuesta arriaba, por lomas en las que los carros tenían que subir en segunda, con su hermana en la bicicleta, sin más razones que ir a la escuela y volver a casa.

Capítulo 5
La curva de la muerte

-COLOMBIA-

Tres años después...

—Pero, ¿por qué no llega Nairo? qué raro. Si salió de la escuela hace una hora —dijo Lady un poco preocupada.

—Y ¿cómo sabe mija que salió de la escuela hace una hora? —dijo doña Eloisa.

—Él llamó antes de salir, y me dijo que se venía para acá derecho, porque tenía que ayudarle a mi papá con la cosecha de las papas.

—De pronto se quedó hablando con un amigo, o fue a visitar a Yeimi. Usted sabe que a él le gusta ella y quiere ser su novio.

—No, pero es que cuando Nairo dice que va a hacer una cosa, la hace. Además, usted sabe que él no va a dejar a mi papá esperando.

Lady no había ido ese día a la escuela, pues se sentía un poco enferma y no había podido dormir bien. Por eso no estaba con Nairo. Pero ella había hablado con él, y él le había dicho que ya salía para la casa. Desde eso ya eran dos horas, y no era normal que él no hubiera llegado. Lady ya estaba muy preocupada.

—Mamá, esto no es normal. Me voy a ir a buscarlo.

—Pero mija, ya está tarde y no es bueno que usted salga sola por la calle, a esta hora.

—Pues mamá, me voy con usted o sola, pero me voy a buscarlo.

—Yo no puedo ir. Porque no le dice a su hermano Dayer que la acompañe.

—DAYER…… DAYER….. DAYER…….

—¡Qué Lady! ¡Qué es esa gritería! ¿Qué quiere? —dijo Dayer un poco ofuscado mientras salía de su habitación.

—Necesito que me acompañe a buscar a Nairo. Hace dos horas llamó y dijo que ya salía de la escuela para acá, y no ha llegado. Algo le pasó. Usted sabe que él no es así. Vamos a buscarlo.

—Bueno, bueno. Déjeme me pongo una chaqueta y vamos.

Dayer y Lady salieron caminando a buscar a Nairo. Aunque todavía estaba de día, cada uno llevaba una linterna, pues ya eran las 5:00 de la tarde y muy pronto iba a anochecer. Empezaron a recorrer el camino que Nairo siempre tomaba en su bicicleta para ir a la escuela.

Comenzaron subiendo la loma hasta el alto, y una vez llegaron allí comenzaron el descenso. Ya había anochecido, y cada uno prendió su linterna. Mientras caminaban los dos gritaban, "Nairo, Nairo", pero no escuchaban respuesta alguna. Después de cuarenta y cinco minutos de estar caminando, llegaron a la famosa curva de la muerte.

La curva de la muerte era una curva muy angosta y cerrada, donde los carros no tenían visibilidad. Era muy peligroso ser un ciclista o un peatón en esta parte del camino, pues los carros, especialmente las tractomulas y camiones, no veían a la gente y los terminaban sacando de la carretera: o se saltaba al barranco, o se moría pisado por una tractomula.

Cuando estaban ya en plena curva, Lady y Dayer vieron las luces de un carro que venía, y escucharon su motor. El carro venía muy rápido y no los había visto, pues estaba muy oscuro. El carro se abrió hacia el barranco para poder coger la curva, sin chocarse con el carro que venía en sentido contrario, y Lady y Dayer no tuvieron más opción que tirarse al barranco.

—Dayer, ¿estás bien? Me duele todo.

—¿Lady?

—¿Nairo?

—¿Nairo?

—¿Dayer?

Adriana Ramírez

—¡Nairo! ¡Te encontramos! ¡Qué felicidad! —dijo Lady con voz adolorida.

—Mira, salimos a buscarte y terminamos en el barranco contigo —dijo Dayer emocionado.

—¿Estás bien, Nairo?

—No puedo moverme, mi pierna izquierda me duele mucho. Creo que me la he quebrado.

Lady buscó la linterna en la oscuridad. Cuando la encontró, la enfocó hacia Nairo.

—¡Qué horror Nairo! Estás todo reventado y sangrando, además, esa pierna no se ve nada bien. Hay que salir de aquí lo antes posible e ir al hospital. Vamos Dayer, hay que cargarlo entre los dos.

Lady y Dayer hicieron un gran esfuerzo para lograr sacar a Nairo del barranco. Él prácticamente no podía moverse, así que no podía ayudarles.

Después de mucho tratar, lo lograron poner en la calle. Lo sentaron en un lugar "seguro" y comenzaron a echar dedo. El teléfono público más cercano quedaba a quince minutos, y ninguno de los dos quería dejar solo a Nairo.

Finalmente una camioneta les paró y ellos se subieron atrás. El conductor fue tan amable que los llevó hasta el hospital del pueblo, y desde allí lograron avisarles a sus papás. Ellos ya estaban preocupados.

Afortunadamente Nairo no sufrió heridas muy graves. Estaba lleno de morados y chichones en sus brazos, sus piernas y en la cara, y su pie derecho se lo había torcido. Estaba tan feo e hinchado que no lo podía apoyar para caminar, pero al menos no se lo había quebrado.

Capítulo 6

Los pedales

-COLOMBIA-

—Lady, Dayer, ¿y mi bicicleta? ¿Qué pasó con mi bicicleta? ¿La dejaron en el barranco? ¡Se la van a robar!

—Ya Dayer fue por ella esta mañana —le dijo Lady mientras le llevaba un café caliente con arepa.

—¿Y cómo está?

—¿Qué?

—¡Pues la bicicleta!

—Nairo, los pedales se le quebraron.

—¿Qué?

—Lo siento, se quebraron. Dayer trató de volverlos a poner pero no sirven para nada. Se quebraron. Es que te caíste muy duro, y se golpearon con las piedras y tus piernas. No puedes usar la bicicleta así.

—Pero, ¿cómo vamos a ir a la escuela, Lady? Y, ¿cómo le voy a ayudar a mi papá? No tengo plata para comprar unos pedales nuevos, tú lo sabes. Estamos en la olla.

—No te preocupes Nairo que Dios proveerá.

Nairo la miró fijamente a los ojos. Dios proveerá, eso era lo que sus padres siempre le decían. Ellos eran muy religiosos y pensaban que todo en la vida era parte de un plan divino. Pero él no pensaba lo mismo. Él creía que sólo cuando se trabajaba duro, se alcanzaban las cosas.

Esperanza, la hermana mayor de Nairo, trabajaba de empleada doméstica en Barranquilla. Le iba bien, no podía quejarse. Vivía en la casa en la que trabajaba, así que la vivienda y la comida estaban incluidas, y la familia para la que trabajaba le pagaba bien. Además, a ella le gustaba vivir en Barranquilla porque hacía calor. Estaba cansada del frío de Boyacá, y disfrutaba el calor de la costa y la brisa del mar.

—¿Aló?

—¿Esperanza?

—Sí, ¿quién es?

—Es Nairo

—Hola Nairito mijo. ¿Cómo está? ¿Cómo sigue del pie? ¿Ya se mejoró?

—Pues, ahí voy hermana. Ya han pasado dos semanas desde el accidente y apenas puedo apoyar el pie. Fue duro. No he podido ir a la escuela pues no tengo la bicicleta, y además no puedo caminar, y tampoco le he podido ayudar a mi papá.

—Es que siempre estuvo duro ese accidente. Por poco se nos muere, Nairito. Pero usted siempre parece protegido por el de arriba. Otro se hubiera muerto.

—Yo sé, no me puedo quejar. Esperanza, tengo un favor que pedirle.

—A ver mijo, cuénteme.

—Es que en el accidente, los pedales de la bicicleta se quebraron. Dayer y yo los hemos tratado de arreglar pero están inservibles. Los averigüé en una tienda de partes que hay en el pueblo, y me los consiguen de segunda por setenta mil pesos*. No son la mejor marca, ni están nuevos, pero me aseguran que son unos buenos pedales. Al menos son mejor que los qué tenía.

—¿Quiere que le preste plata para comprárselos?

—Sí. Yo se la pago, usted sabe que sí. Cuando me mejore y tenga la bicicleta, me pongo a ayudarle a mi papá, y con el dinero que ahorre le pago.

—No se preocupe, Nairito mijo. Yo le mando la platica y no me la tiene que pagar. Es un regalo. Eso sí, cuídese.

—¡Gracias Esperanza, gracias!

*Setenta mil pesos en Colombia son alrededor de $25 USD

Capítulo 7

El muchacho tiene madera

-COLOMBIA-

—¿Nairo va a enfrentársele a Juan Pistolas mañana? —dijo Dayer incrédulo.

—Sí, ese muchacho está loco —dijo su papá.

—¡Pero si Juan Pistolas es el mejor ciclista del pueblo! Ya ha participado en varias carreras y nadie le gana. Además, tiene todo el equipo: zapatillas para montar, uniforme de lycra, casco, guantes y la mejor bicicleta que hay por estos lados.

—Yo sé. Y Nairo sólo tiene la camiseta roja que su mamá le ha remendado cientos de veces. No tiene ni siquiera casco.

—Y, ¿qué vamos a hacer?

—Pues ir a acompañarlo y hacerle barra. Medio pueblo va a estar allí. Incluso el señor Belarmino Rojas, el dueño de la heladería, ya apostó plata a favor de Nairo.

—¿Qué? ¡Pero sí que está loco! Nadie le gana a Juan Pistolas.

Al día siguiente, medio pueblo se había reunido alrededor de la plaza, de donde partía la ruta de treinta y dos kilómetros que iba hasta el Alto de Sota y volvía, para terminar en la plaza otra vez. Nairo estaba listo, con su bicicleta vieja, su camiseta roja remendada, sus zapatos viejos y sucios, y sin casco. No tenía casco.

La gente no sabía qué pensar de la situación. Era muy incierto saber quién ganaría. Todos conocían al legendario Juan Pistolas. Era un ciclista temerario y muy reconocido. Tenía una bicicleta nueva y todo el equipo de montar. Pero todos sabían que Nairo, prácticamente, vivía montado en esa bicicleta. Aunque su bicicleta era vieja y ni siquiera tenía equipo, nadie se dejaba descrestar por las apariencias en Cómbita. Allá creían en el tesón y la voluntad de una persona, y esto le sobraba a Nairo.

Y así fue, Nairo le ganó a Juan Pistolas y lo hizo polvo, y ese triunfo todavía es una leyenda en el pueblo.

—Mijo ¡felicitaciones!

—Gracias don Belarmino. Y gracias por creer en mí. Mi papá me contó que usted había apostado plata a mi favor. Me alegra que no lo hubiera defraudado.

—Me gané cincuenta mil pesos muchacho, aquí están.

—¿Cómo así? Pero si son suyos.

—Cójalos y cómprese un casco con esta plata, bien sabe que lo necesita.

—¿Qué? ¿Pero por qué?

—Muchacho, usted ha trabajado muy duro toda la vida, ha sido un buen hijo, un buen hermano y un buen muchacho. Además, es muy bueno montando en bicicleta y se merece que alguien lo apoye, se merece una oportunidad. Yo creo en usted y quiero apoyarlo, deme ese gusto. Cómprese el casco con esta plata.

—Gracias don Belarmino.

El Cóndor de los Andes

Este fue el comienzo de la carrera profesional de Nairo como ciclista. A partir de este momento, a sus dieciocho años, su nombre se fue haciendo un mito en las montañas boyacenses. Y finalmente, los alcaldes de Cómbita y Arcabuco, un pueblo vecino, decidieron patrocinarlo para que pudiera comprar una bicicleta decente. No fue mucho después que se unió a su primer club, *Ediciones Mar.*

Capítulo 8

Europa

-FRANCIA-

—Maldito indio.

—*Move away stupid Indian.*

—*Push him, he should not be here.*

—*Who is this Indian? Where is he from?*

—*He is a cafetero, from Colombia.*

—*Do you mean a drug dealer?*

—*Hahahaha. You bet he is.*

Nairo seguía pedaleando callado, mientras sus rivales lo seguían insultando. Sabía que no podía distraerse en peleas absurdas. O pedaleaba, o le respondía a esta gente ignorante y prepotente, y él sólo quería pedalear. Había trabajado muy duro para llegar a este punto. Tenía veinte años y ya estaba corriendo su primera carrera en Europa. Era el *Tour de l'Avenir*: una carrera de ciclismo para equipos juveniles, similar al Tour de Francia. Es normalmente el primer paso en la carrera ciclística europea.

Todos los otros competidores, sus rivales, eran europeos: rubios, altos, y macizos; y claramente lo veían a él como menos por su color de piel morena, por bajito y delgado, y por, según ellos, parecer un indio. Todo el pelotón le daba codazos, lo escupían, le decían cosas humillantes, hasta que lo hicieron caer de la bicicleta de un empujón.

Nairo estaba tirado en la calle. A pesar de que ya lo habían empujado varias veces, él había logrado mantener el equilibrio, pero no pudo más: un codazo por un lado y un empujón por el otro lo hicieron tambalear y finalmente se cayó. Los otros competidores se rieron y siguieron pedaleando.

Nairo los miró, se paró, se montó en la bicicleta y comenzó a pedalear nuevamente. Lejos de ponerse triste y sentirse menos, el orgullo boyacense le comenzó a salir por cada uno de los poros de su cuerpo. Esta gente le había sacado el orgullo, y no hay nada más peligroso que un boyacense *embejucado*.

Y así fue como Nairo comenzó a pedalear hasta que nuevamente alcanzó el pelotón principal, y se logró pasar a muchos. Aunque no ganó esta etapa, llegó en un puesto bueno en la clasificación general. Sabía que tenía que trabajar duro en las etapas que seguían si quería subirse al podio.

-COLOMBIA-

—Mija, mija, venga escuche las noticias que ya van a decir quien ganó el *Tour de l'Avenir*.

—Póngale volumen Luis, que ya voy. Le estoy haciendo el cafecito —dijo Eloisa desde la cocina.

—Muchachos vengan que ya van a anunciar al ganador, y puede que sea su hermano.

—Gracias papá, ya vamos.

—Señoras y señores, y ahora de vuelta con las noticias deportivas: A pesar de varios contratiempos durante las nueve etapas que tiene la carrera, el colombiano Nairo Alexander Quintana Rojas ganó este domingo el Tour de l'Avenir, que se corre en Francia. Él siempre logró mantener una buena posición en la clasificación general, y además ganó tres etapas importantes de este evento: La sexta y séptima etapa, y la última etapa, que es una difícil contrarreloj individual. Fue una gran participación la de nuestro cafetero.

—¡Ganó mamá, ganó! —dijo Lady emocionada.

Adriana Ramírez

—Gracias a mi Dios, mi muchacho ganó. Qué es esta felicidad tan grande mijitos.

—Se lo merecía, ha trabajado muy duro.

—Shhhh, cállense que ya lo van a entrevistar.

—Cuéntenos Nairo, ¿cómo se siente después de ganar este evento tan importante?: "Pues es una gran emoción ya que el Tour de l'Avenir es la carrera más importante del mundo en mi categoría de edad. ¡Sólo tengo veinte años! —dijo Nairo con voz entrecortada por la emoción—. *Además, todo el equipo colombiano estuvo muy motivado, hemos trabajado en equipo, nos hemos apoyado, y como equipo logramos una posición general muy buena."*

Ya nadie en la familia Quintana escuchaba lo que decían en la radio. Todos estaban gritando y abrazándose, celebrando el triunfo de Nairo. Todos sentían su triunfo como si fuera propio y todos terminaron llorando de la felicidad. Su Nairo era campeón en Europa.

Adriana Ramírez

Capítulo 9

Todos respetan al morenito

-ITALIA-

Cuatro años después…

—Vámonos Nairo. Volémonos, aprovechemos que ya empezó el ascenso —le dijo Winner Anacona, su compañero de equipo, con voz entrecortada.

—Dale, arranca tú que yo te sigo.

Winner tomó las riendas del ascenso y comenzó a pedalear como un buen escarabajo (así se les conoce a los ciclistas colombianos por su gran habilidad para escalar montañas). Detrás iba Nairo, pegado. El paso que puso Winner fue tan impresionante, que rompió el pelotón en varios grupos, y de más de ochenta corredores sólo quedaron treinta en la delantera.

Una carrera no se corre ni se gana solo. Siempre se necesita de un equipo, del apoyo de los otros. Entre los miembros de un mismo equipo, se sabe que hay momentos donde el trabajo es apoyar al mejor ciclista del equipo para que este gane. Nairo era el mejor ciclista del equipo Movistar, y Winner sabía que este ascenso lo tenían que empezar juntos pero, probablemente, sería Nairo el que lo terminara más rápido.

Winner iba adelante, abriendo camino. De pronto, vio una moto de la policía italiana que estaba mal estacionada, y le alcanzó a avisar a Nairo.

—¡Nairo! ¡Salite, salite! ¡Abrite hacia la derecha!

Nairo confiaba plenamente en su compañero de equipo y le hizo caso. Se salió y se abrió hacia la derecha. Winner también alcanzó a salirse, pero muchos de los que venían atrás, en el grupo, no alcanzaron a ver la moto, se chocaron y se cayeron a la calle.

Dos de ellos, un francés y otro ciclista colombiano, se pararon y volvieron a montarse en sus bicicletas. Sólo quedaban diez kilómetros hasta la meta, pero todos eran de subida y esta era cada vez más pendiente. El panorama no era fácil.

El lote en el que estaba Nairo seguía de primero, subiendo sin descanso, y cada vez con menos integrantes. Los otros ciclistas se iban quedando, se quemaban tratando de mantener el paso que Winner y Nairo estaban poniendo. Ya sólo quedaban cuatro ciclistas en la delantera: Winner, Nairo, Pinot (la promesa del ciclismo francés), y Nibali, el italiano.

Winner era el que estaba poniendo el paso y Nairo lo seguía. Él sabía que no podía mantener ese paso por mucho tiempo. Sacando fuerzas de donde no las tenía, dio un último empujón antes de rendirse, obligando a todos a acelerar unas milésimas de segundo más.

—No puedo más Nairo, de aquí en adelante es todo tuyo. Volá Cóndor, volá.

—Nos vemos arriba.

En ese momento, Nairo pedaleó con una fuerza que era increíble. ¿Cómo era posible que, después de todo lo que llevaban subiendo, todavía pudiera darle más fuerte? Los otros dos ciclistas a duras penas podían seguirlo.

Sin embargo, Nairo dejó que se le acercaran, e incluso dejó que Pinot se le pasara, y comenzó a seguirlo muy de cerca. Pero la subida se hizo más dura. La inclinación aumentó un doce por ciento, y las piernas de Pinot y Nibali se sentían cansadas.

Cuando los otros dos ciclistas comenzaron a mostrar signos de cansancio, Nairo, el Cóndor de los Andes colombianos, sacó sus garras, se paró en los pedales de su bicicleta, y se perdió en la distancia.

Por su cabeza pasaban los recuerdos de aquellos días en los que subía lomas mucho más difíciles que esta, en una bicicleta vieja y pesada, a una mayor altitud (en las altas montañas de los Andes colombianos), y con su hermana sentada en la barra.

En ese momento, una sonrisa se dibujó en su cara. Él sonreía por las ironías de la vida: no empezó a montar en bicicleta por gusto, sino por necesidad, sin embargo la necesidad lo llevó a ser uno de los ciclistas más reconocidos del mundo. Las etapas de montaña, a las que todos los otros ciclistas temían, habían sido el día a día de su vida. En las montañas, el Cóndor se sentía en casa.

Adriana Ramírez

Epílogo

La historia de Nairo Quintana es una historia que no se ha terminado de escribir.

A la fecha de publicación de este libro, Nairo tiene veintiocho años. Está casado con Yeimi Paola Hernández, su novia desde que tenía catorce años, y tienen una hermosa niña. Sigue siendo un ciclista **vigente**, y este año (2018) correrá el Tour de Francia por quinta vez.

Actualmente es el líder de su equipo, Movistar.

Todavía le quedan muchos sueños por cumplir y muchos kilómetros por **recorrer** en su bicicleta.

***Vigente**: current*
***Recorrer**: travel*

Vocabulario por Capítulos

Capítulo 1

Acomodar: accommodate

Acuérdate: remember

Agotado: exhausted

Aguantar: endure

Apenas: barely

Bastante: quite

Callado: quiet

Carrera: race

Carretera: road

Carro auxiliar: assistant car

Certamen: contest

Cima: top

Cobarde: coward

Codiciada: coveted

Contratiempos: setbacks

Detenía: stopped

Eficaz: effective

Escalofrío: chill

Espalda: back

Estar pendiente: to be paying attention

Etapa: stage, phase

Faltar: to lack

Fijamente: fixedly

Hidratación: hydration

Hoja: paper

Huesos: bones

Interminables: endless

Liviana: lightweight

Llevar: to carry on

Lograron: they managed

Mantener: to keep

No quitar el ojo de encima: keep an eye on someone

Pecho: chest

Pedalear: to pedal

Pediste: that you asked for

Pendiente: alert

Permitir: allow

Pulmones congestionados: congested lungs

Recoger: to gather

Separar: to pull apart

Soportar: to put up with

Subida: up hill

Temblar: shiver

Testarudo: strong headed

Voluntad de hierro: iron will

Capítulo 2

Agua potable: drinkable water

A pie: on foot

Alimentar: to feed

Algo: something

Apenas: barely

Arracacha: root vegetable originally from the Andes

Arregló: arranged

Artículos de aseo personal: toiletries

Bastantes: a lot

Campesina: peasant, country woman

Caneca: trash can

Cogollos: buds

Costumbre: custom, habit

Cultivo: crop

Curar: to heal

Difunto: deceased

Época: time

Esposo: husband

Gallina: chicken

Gotera: leak

Guardar: to keep, save

Hervida: boiled

Huele: smells

Humilde: humble

Intercambiar: exchange

Indispensables: essential

Lavadero: laundry

Limpieza: cleaning

Milagro: miracle

Nacimiento: birth

Ocurrió: happened

Ollas: pots

Plaza del pueblo: town square

Pocos: a few

Presupuesto: budget

Quedaba: was

Remolacha: beet

Sanar: to heal

Sangre: blood

Sembrar: to plant

Signo: sign

Sobrevivir: survive

Tapando: covering – getting cloudy

Tapia: mud wall

Techos: roofs

Teja: roof tile

Tierra: soil

Tierrita: little piece of land

Tose: coughs

Trueque: barter

Vientre: belly

Yerbas: herbs

Yerbatera: shaman

Capítulo 3

Amanecer: dawn

Arepa: corn flat bread typical from Colombia.

Bendecir: to bless

Bendiciones: blessings

Bendiga: that you are blessed

Bolsa: bag

Buseta: small bus

Calles pavimentadas: paved roads, streets

Camino: way, path

Carreteras destapadas: unpaved roads

Compartir: to share

Ida y vuelta: round trip

Les toca: you guys have to

Loma: hill

Mojen: get wet

Mijitos: short version of *mis hijitos*, commonly used in spoken language.

Mijos: short version of *mis hijos.*

Olvidar: to forget

Pensión: monthly fee

Por si los coge el agua: in the event you get caught up in the rain.

Potreros: fields, pastures

Rebajaron: they lowered

Recorrer: To follow a path

Recorrido: route, path

Soñar: to dream

Tapar: to cover

Tardar: to take time

Capítulo 4

Adelante: in front

Ahorrar: to save

Angustiada: anguished

Arreglar: to fix

Ayudar: to help

Barra: rod

Bloquear: to block

Caber: to fit

Caerse: to fall

Calles: streets

Carreteras: roads

Casi se matan: they almost killed themselves

Chatarrería: junk yard

Chichones: bumps

Creer: to believe

Cuesta arriba: up hill

Equilibrio: balance

Hacerle contrapeso: to counterweight

Huerta: orchard

Lomas: hills

Mantener: to keep

Mientras: while

Montar: to ride

Morados: bruises

Pedalear: to pedal

Potreros: fields, pastures

Quedar: to remain

Querido: dear

Regalo: present

Revisar: to check

Subir en segunda: to go up hill in second gear (referring to standard cars).

Todoterreno: all terrain

Venta: sell

Capítulo 5

Acá: here

Acompañar: accompany

Adolorida: sore - painful

Al menos: at least

Alto: the top of the hill

Angosta: narrow

Anochecer: dusk

Apoyar: to support

Avisar: to warn

Barranco: ravine

Camiones: trucks

Camioneta: pick-up truck

Cargarlo: to carry him

Carretera: road

Chaqueta: jacket

Chocarse: to collide

Cosecha: harvest

Curva: curve

De pronto: maybe

Dejar: leave - let

Derecho: straight

Echar dedo: hitch-hike

Emocionado: excited

Enfocar: to focus

Esfuerzo: effort

Esperando: waiting

Grave: serious

Gritería: clamor - yelling

Herida: wound

Hinchado: swollen

Hubiera llegado: would have arrived

Linterna: lantern

Lograr: to achieve - to be able to

Loma: hill

Me duele: it hurts (to me)

Mirá: look

Ofuscado: to be annoyed

Oscuridad: darkness

Oscuro: dark

Peatón: pedestrian

Peligroso: dangerous

Pierna: leg

Pisado: stepped on

Plena curva: within the curve – in the middle of it.

Por eso: that is why

Preocupados: worried

Pues: well - then

Quebrado: broken

Quebrar: to break

Recorrer: to travel

Respuesta: answer

Reventado: burst

Sacar: to push out

Saltaba: jumped

Sangrando: bleeding

Se quedó: he stayed

Seguro: safe

Sentido contrario: wrong way – opposite way

Torcido: crooked - sprained

Tractomulas: freight trucks

Vos: you

Capítulo 6

Alcanzar: to reach

Apenas: barely

Arreglar: to fix

Aseguran: ensure

Averigüé: found out

Barranco: ravine

Caerse: to fall

Costa: coast

Cuidarse: to take care of oneself

Disfrutaba: enjoyed

Duro: hard

Empleada doméstica: house maid

Esperanza: hope

Estar en la olla: to be in trouble

Fijamente: fixedly

Golpearse: to hit oneself

Inservibles: unusable

Mandar: to send

Marca: brand

Mejorarse: to get better

Mientras: while

Pagar: to pay

Parece: seem - seems

Pedales: pedals

Piedras: rocks

Plata: money

Platica: little money

Preocuparse: to worry

Proveerá: will provide

Pues: well

Quebrarse: to break

Quejarse: to complain

Regalo: gift

Se golpearon: they hit each other

Se hubiera muerto: he would have died

Se le quebraron: they broke

Sirven: they are good for…

Te caíste: you fell

Trató de volverlos a poner: he tried to put them back again.

Vivienda: living place

Volver: to do something again – to come back

Capítulo 7

Acompañado: accompanied

Acompañarlo: to accompany him-her

Alcaldes: mayors

Alto: the top of the hill

Apariencias: appearances

Apostar: to bet

Apoyar a alguien: to be there for someone

Bien sabe: it is well known

Boyacenses: a person from Boyacá (a region from Colombia).

Carreras: races

Casco: helmet

Cójalos: take them

Creían: they believed

Decente: decent

Dejarse: to let oneself

Déme: give me

Descrestar: to impress

Dueño: owner

Enfrentarse: to face

Equipo de montar: cycling gear

Equipo: team

Felicitaciones: congratulations

Ganar: to win

Guantes: gloves

Ha remendado: has patched up (fixed) something.

Hacerle barra: to cheer him up

Incierto: uncertain

Incluso: even

Incrédulo: incredulous

Lo hizo polvo: he outperformed him.

Lo hubiera defraudado: he would have disappointed him.

Me alegra: it makes me happy

Merecerse: to deserve

Mito: myth

Ni siquiera: not even

Partía: departed

Patrocinarlo: sponsor him

Plaza: town square

Reconocido: well known

Siquiera: even

Sobrar: to have more than what is needed

Suyos: yours

Temerario: reckless

Tener madera: to have a strong ability to do something.

Tesón: tenacity

Triunfo: triumph

Unir: to unite

Voluntad: will

Zapatillas: sneakers

Capítulo 8

A pesar de: in spite of

Abrazándose: hugging themselves

Anunciar: to announce

Cafetero: related to coffee

Callado: quiet

Campeón: champion

Codazos: to hit with the elbows

Contrarreloj: time trial

Contratiempos: setbacks

Delgado: skinny

Deportivas: related to sports.

Distraerse: to get distracted

Embejucado: to be very mad.

Empujón: push

Entrecortada: choked

Equilibrio: balance

Escupían: they spit

Etapa: stage, leg of the journey.

Juveniles: youth

Lograr: to manage

Macizo: solid

Morena: of dark skin

Orgullo: pride

Parecer: to seem like – to look like

Pedalear: to pedal

Peleas absurdas: stupid fights

Pelotón: leading group

Podio: podium

Poros: pores

Prepotente: arrogant

Primer paso: first step

Rubios: blond hair

Se cayó: he fell

Se lo merecía: he deserved it

Se rieron: the laughed

Sucede: it happens

Tambalear: to shake

Tirado: to be lying

El Cóndor de los Andes

Capítulo 9

A duras penas: with great difficulty, barely.

Abriendo camino: leading the way

Abrite: move to the side

Acelerar: to accelerate

Acercarse: to get close

Alcanzar: to have time to

Apoyo: support

Aprovechar: to take advantage of

Aquellos: those

Arrancar: to begin

Ascenso: to go up hill

Aumentar: to increase

Avisar: to warn

Cansancio: tiredness

Compañero: partner

Corredores: bike racers

Dale: go for it

Dejó: left behind

Delantera: in front, forward line

Empujón: push

Entrecortada: chocked

Escalar: to climb

Escarabajo: beetle (it is how Colombian cyclists are known around the world).

Estacionada: parked

Fuerzas: strengths

Garra: claw

Habilidad: ability

Inclinación: slope

Incluso: even

Integrantes: members

Le alcanzó a avisar: had time to warn him

Le hizo caso: he listened to him

Lote: main group of riders

Meta: finishing line

Milésimas: thousandths

Obligar: to force

Panorama: view, outlook

Paso: pace

Pegado: stuck, close to

Pelotón: leading group

Pendiente: slope, hill

Pesada: heavy

Plenamente: fully, completely

Por gusto: for pleasure

Quedaron: remained

Quedarse: to fall behind

Quemarse: to burn oneself due to pushing the limits

Rendirse: to give up

Rompió: broke

Salite: you! Get out

Se cayeron: they fell

Se chocaron: they collided

Se quemaban tratando de: refers to physical exhaustion.

Seguirlo: to follow him

Signos: signs

Sonrisa: smile

Subida: up hill

Temían: they were afraid

Tomar las riendas: to take charge or control over something.

Una sonrisa se dibujó en su cara: a smile crossed his face

Volá: you! Fly

Volémonos: let´s get out of here

Notas gramaticales

No. 1 En muchos países y regiones de Sur América (Argentina, Uruguay, Paraguay, Colombia, Honduras), es común el uso del pronombre *vos* en vez de *tú* (you). Este pronombre tiene su propia conjugación, la cual es diferente a la que se usa para el pronombre *tú* (con algunas excepciones). Ejemplos:

Tú quieres – Vos querés

Tú comes – Vos comés

Tú vas – Vos vas

El uso de este pronombre también modifica los mandatos.

Ejemplos:

(Tú) salte – (Vos) salite

(Tú) ábrete – (Vos) Abrite

(Tú) llámame – (Vos) llamame

(Tú) Vuela – (Vos) volá

No. 2 Aunque el uso del pronombre *usted* se enseña tradicionalmente como una forma respetuosa y formal para tratar a las personas, es muy común, en muchas regiones, que este sea usado entre los miembros cercanos de la familia, especialmente de abuelos hacia sus nietos, o de padres hacia sus hijos, y viceversa.

Otros libros escritos por Adriana Ramírez

Nivel 1

Nivel 2

Nivel 3

¿Qué dijiste?
Adriana Ramírez

El entierro
Adriana Ramírez

GUAITIPÁN
LA LÍDER GUERRERA
Adriana Ramírez

Nivel 4

El Cóndor de los Andes
Adriana Ramírez
Español 4
Segunda Edición

RIGO
Adriana Ramírez

EL CAMINO DEL CAFÉ
Adriana Ramírez

Adriana Ramírez
Es posible soñar

UN NUEVO
amanecer
Adriana Ramirez

LA MARIMBA DE MI ABUELO

Silleteros
Adriana Ramirez

Learning Through Reading

Adriana Ramirez

Acento Latino™

EASY READERS FOR SPANISH STUDENTS

This book was written by a Latin American author

Made in United States
North Haven, CT
05 August 2025

71355449R00051